Dieses Buch gehört
dem Drachenmeister:

DRACHEN MEISTER

DER FLUG DES MONDDRACHEN

VON

TRACEY WEST

ILLUSTRIERT VON

DAMIEN JONES

DIE DRACHENMEISTER

Weitere Bücher

Inhaltsverzeichnis

Dieses Buch ist allen Drachenmeister-Fans gewidmet, die mir Briefe schreiben und Fotos und Bilder schicken. Ihr zaubert jeden Tag ein Lächeln auf mein Gesicht! - TW

This book was negotiated through Literary Agency Thomas Schlück GmbH, 30161 Hannover. Dieses Werk wurde vermittelt durch die Literarische Agentur Thomas Schlück GmbH, 30161 Hannover

www.adrian-verlag.de
ADRIAN VERLAG
Walter Unterweger
Kreuzstraße 21
13187 Berlin

Korrektorat deutsche Ausgabe: Anne-Marie Schikowsky, Simone Fischer
Satz deutsche Ausgabe: Julia Groier-Bleiweis
Übersetzung: Gerda Maria Pum

ISBN: 978-3-94718-851-2

Printed 2019 in the EU

KAPITEL 1

DIE RETTUNG DES DRACHENSTEINS

„Ich mache mir wirklich Sorgen um den großen Drachenstein“, sagte Drake.

Die sechs Drachenmeister saßen an einem Esstisch in König Rolands Burg. Fünf von ihnen lebten in der Burg: Drake, Bo, Rori, Ana und Petra. Heru, der sechste Drachenmeister, lebte im Land der Pyramiden. Der Drachenstein hatte jeden von ihnen ausgewählt, sich mit einem Drachen zu verbinden.

Heru kam auf seinem Drachen Wati von sehr weit hergeflogen. Wati ruhte sich in den Drachenhöhlen aus. Heru hatte wichtige Neuigkeiten mitgebracht – der große Drachenstein war dabei, zu sterben!

„Du hast aus gutem Grund Angst, Drake", sagte Heru. „Wir müssen den großen Drachenstein schnell finden und versuchen, ihn zu retten. Deshalb bin ich hier. Meine Familie glaubt, dass du und deine Freunde uns helfen könnt."

„Warte – was genau ist der große Drachenstein?", fragte Bo.

Heru sah nach unten. Ein grüner Stein hing an einer Schnur um seinen Hals. Jeder der anderen trug auch so einen Stein.

„Wir tragen jeweils ein Stück des Drachensteins, um uns mit unseren Drachen verbinden zu können“, erklärte Heru. „Alle unsere kleineren Steine waren einmal Teil des großen Steins.“

„Also ist der *große* Drachenstein riesig?“, fragte Ana, die ebenfalls aus dem Land der Pyramiden stammte.

„Ich denke schon“, sagte Heru. „Aber ich habe ihn noch nie gesehen. Er wird seit vielen Jahren in einer geheimen Pyramide aufbewahrt. Eine Schriftrolle sagt, dass sechs Drachen benötigt werden, um die Pyramide zu betreten. Aber erst mal müssen wir sie finden.“

In diesem Moment betrat der Zauberer Griffith den Raum.

„Ich habe mit König Roland gesprochen", sagte er. „Ich habe gefragt, ob ihr alle in das Land der Pyramiden reisen dürft. Er wird uns seine Entscheidung bald mitteilen. Ich aber werde hier bleiben und nach einem Weg suchen, um den Drachenstein zu retten."

„Der König muss ja sagen!", rief Rori. „Wenn der Drachenstein stirbt, können wir uns nicht mehr mit unseren Drachen verbinden."

Petra, die neueste Drachenmeisterin, wandte sich an Heru. „Wenn du den großen Drachenstein noch nie gesehen hast, woher weißt du dann, dass er stirbt?", fragte sie.

„Unsere Familie hat ein größeres Stück vom Stein, so wie Griffith“, erklärte Heru. „Sein Leuchten verblasst mehr und mehr. Und in letzter Zeit hatte ich Probleme, mich mit Wati zu verbinden. Das sind alles Zeichen dafür, dass der große Drachenstein schwächer wird.“

Während Heru sprach, begann Drakes Drachenstein zu flackern. Er leuchtete nicht so stark wie sonst, wenn sein Erddrache Wurm mit ihm Kontakt aufnahm. Trotzdem konnte Drake die Stimme seines Drachen in seinem Kopf hören.

Komm!, sagte Wurm. *Es ist ...*

Dann brach seine Stimme ab.

„Wurm hat zu mir gesprochen!“, sagte Drake. „Ich glaube, etwas ist nicht in Ordnung, aber er konnte seine Nachricht nicht beenden. Wir müssen sofort zu den Höhlen!“

Die Drachenmeister stürzten die lange Treppe hinunter, die zu den Drachenhöhlen führte. Drake rannte zu Wurm, einem braunen Drachen mit winzigen Flügeln und einem Körper wie eine Schlange.

„Was ist los?“, fragte Drake.

Wurm deutete in Richtung der Höhle von Vulkan, Roris Feuerdrachen. Der Drache schnaubte und scharrte auf dem Boden.

„Vulkan!“, rief Rori. Sie lief zu ihm. „Was ist mit dir?“

„Seine Verbindung zu dir wird schwächer“, erklärte Griffith. „Vielleicht ist Vulkan dadurch verwirrt und verängstigt.“

Rori griff durch die Gitterstäbe der Höhle und tätschelte seine Drachennase. „Halte durch, Vulkan“, sagte sie. „Wir finden einen Weg, um den Drachenstein zu retten!“

„Griffith!“, rief Simon, die Wache, während er in die Höhle trat. „König Roland erlaubt, dass die Drachenmeister in das Land der Pyramiden reisen dürfen. Sie können sofort los!“

KAPITEL 2

DER DRACHEN-TEMPEL

„Ausgezeichnet!“, sagte Griffith. „Ihr reist in das Land der Pyramiden!“

„Meine Eltern werden schon auf uns warten, wenn wir ankommen“, meinte Heru.

„Das hört sich nach einer sehr langen Reise an“, sagte Petra. Sie drehte eine blonde Locke um ihren Finger. „Fliegen wir dorthin?“

„Nein. Wir werden Wurms Gedankenkraft nutzen, um schnell dorthin zu gelangen“, erklärte Heru.

Anas dunkle Augen strahlten vor Aufregung. „Wurm kann uns innerhalb eines Wimpernschlags an einen Ort bringen!“, sagte sie.

„Kann Wurm uns *alle* ... und auch unsere Drachen mitnehmen?“, fragte Petra.

Drake nickte. „Zuerst werde ich ihm sagen, wo wir hin wollen. Wenn dann jeder seinen Drachen berührt und zugleich Wurm, wird er uns dorthin bringen.“

„Bitte macht alle eure Drachen bereit“, sagte Griffith.

Die Drachenmeister beeilten sich.

Rori brachte Vulkan heraus, der jetzt wieder ruhiger war.

Ana führte ihren schimmernden weißen Sonnendrachen, Kepri, heraus.

Heru holte Wati, einen schwarzen Monddrachen, der Kepris Zwilling war.

Bos blauer Wasserdrache, Shu, folgte ihm aus der Höhle.

Petra kam mit Zera, ihrer Hydra, einem vierköpfigen Giftdrachen.

Drake sprach mit Wurm.

„Wurm, kannst du uns zu Herus Tempel im Land der Pyramiden bringen?“, fragte er.

Wurm nickte und Drake führte ihn aus der Höhle.

„Ich werde so schnell wie möglich nachkommen“, sagte Griffith zu ihnen. „Ich bin mir sicher, dass ihr den Stein finden werdet. Und ich hoffe, dass der Schlüssel zur Rettung irgendwo in meinen Büchern liegt.“

„Alles klar, Drachenmeister!“, rief Drake. „Berührt eure Drachen und dann Wurm.“

Die Drachenmeister gehorchten.

Wurm schloss die Augen. Sein Körper begann zu glühen. Dann ...

Wusch! Grünes Licht explodierte. Als es verblasste, befanden sie sich nicht mehr in den Höhlen.

Sie waren irgendwo unter freiem Himmel. Ein heller Mond schien auf einen Tempel aus Stein. Neben dem Eingangstor standen zwei

Drachenstatuen, eine an jeder Seite der Tür.

Ein Mann und eine Frau kamen aus dem Tempel gerannt.

„Heru! Du bist zurück!“, rief die Frau.

„Und du hast Hilfe mitgebracht“, sagte der Mann . „Großartig. Willkommen im Land der Pyramiden, Drachenmeister!“

„Das sind Tarek, mein Vater, und Sarah, meine Mutter“, erklärte Heru und stellte den Eltern die Drachenmeister vor.

Dann stürmten sechs Männer in weißen Tuniken und Hosen aus dem Tempel.

„Diese Tempelarbeiter werden eure Drachen hineinbringen“, sagte Tarek. „Wir wollen keine neugierigen Dorfbewohner anlocken. Wir haben eine wichtige Aufgabe zu erledigen.“

Sarah klatschte in die Hände. „Kommt!“, sagte sie. „Lasst uns in die Geheimkammer des Tempels gehen!“

KAPITEL 3

EIN HINWEIS

„Wir sind die Hüter der uralten Drachengeheimnisse“, verkündete Tarek, als die Drachenmeister durch den Tempel gingen. „Diese Geheimnisse werden seit Ewigkeiten innerhalb unserer Familie weitergegeben.“

Fackeln beleuchteten die Hallen des Tempels. Bilder von Drachen waren in die Wände gemeißelt.

Sie gingen nach unten und kamen in einen Raum mit Drachenstatuen. Sarah ging zu einer Statue mit funkelnden grünen Augen.

„Die sehen aus wie Drachensteine!“, sagte Bo.

Sarah lächelte und entfernte einen der Steine. Die Wand vor ihr glitt zur Seite.

Sie deutete allen, ihr zu folgen. Die Geheimkammer stand voller Regale mit Schriftrollen und Büchern.

Sarah nahm eine der Schriftrollen und ging zu einem großen Tisch.

„Das ist alles, was wir über den großen Drachenstein wissen“, sagte sie und entrollte das Papier.

Drake betrachtete es konzentriert. Am oberen Rand befand sich ein seltsam aussehendes Drachensymbol.

Der Rest der Seite war mit kleinen Bildern gefüllt, nicht mit Buchstaben.

„Das ist eine sehr alte Schrift“, erklärte Ana. „In der Antike haben die Menschen Nachrichten mit Bildern anstelle von Wörtern geschrieben.“

„Ja“, stimmte Tarek zu. „Ich habe diese Bilder oft gelesen. Die Schriftrolle sagt, dass der große Drachenstein in der Pyramide der sieben Drachen ist. Aber wir wissen nicht, um welche Pyramide es sich handelt – oder wie man den Drachenstein in der Pyramide findet.“

„Es gibt auch einen Reim“, sagte Sarah. Sie hob die Schriftrolle hoch und las laut vor.

Ein fliegender Drache wird die Pyramide finden.
Doch für den großen Drachenstein müssen sich sechs Drachen verbinden.
Und sechs Drachenmeister gemeinsam mit ihren Drachen.
Kein Drache oder Meister kann es alleine machen.

„Deshalb brauchen wir eure Hilfe."

„Ein fliegender Drache wird die Pyramide finden", wiederholte Drake. „Heißt das, dass die Pyramide nur vom Himmel aus gesehen werden kann?"

Sarah nickte. „Heru hat schon viele Male mit Wati danach gesucht. Gefunden hat er die geheime Pyramide leider noch nicht", sagte sie.

„Ich werde heute Abend noch einmal danach suchen", meinte Heru. „Wati kann einen zweiten Reiter tragen."

Drakes und Roris Hände schossen in die Höhe. „Ich komme mit!", sagten beide.

Heru grinste. „Drake hat dich um eine Sekunde geschlagen, Rori."

„Ja!", jubelte Drake.

Rori runzelte die Stirn. „Warum können wir nicht alle mit unseren Drachen fliegen und nach der Pyramide suchen?", fragte sie.

„Ein dunkler Drache wie Wati kann nachts fliegen, ohne gesehen zu werden", erklärte Tarek.

Heru wandte sich an Drake. „Lass uns die Pyramide der sieben Drachen finden!", sagte er.

„Viel Glück!", rief Ana.

PASS AUF, WATI!

Drake rannte mit Heru nach draußen. Die Tempelarbeiter hatten Wati schon gesattelt. Die Jungs kletterten auf den Rücken des Monddrachen.

Heru tätschelte Watis Hals. „Wati, bitte flieg uns zu den Pyramiden!“

Wati schlug mit seinen großen Flügeln und stieg in die Luft. Der Mond beleuchtete das Dorf unter ihnen. Langsam wichen die Häuser dem unendlichen Wüstensand.

„Wir müssen alle Pyramiden ganz genau betrachten“, sagte Heru. „Halte nach allem Ausschau, was uns einen Hinweis auf die Pyramide der sieben Drachen geben könnte.“

Drake sah nach unten. Dutzende Pyramiden befanden sich unter ihnen im Wüstensand verteilt. Drei von ihnen hatten spitze Goldkappen, die im Mondlicht funkelten.

„Vielleicht ist es eine der glänzenden", schlug Drake vor. „Sie sehen so bedeutend aus."

Heru nickte und lenkte Wati zur nächstgelegenen.

Drake sah sich die Pyramide genau an. Sie hatte glatte Steinwände und eine goldene Spitze. Aber nichts deutete darauf hin, dass es die Pyramide der sieben Drachen war.

„Wati, zur nächsten!“, rief Heru.

Sie flogen zur zweiten Pyramide mit einer Goldspitze und zur dritten. Aber sie sahen alle ziemlich gleich aus.

„Die sind nicht das, wonach wir suchen“, sagte Heru.

Sie flogen über weitere Pyramiden. Sie hatten alle glatte Steinmauern.

Drake runzelte die Stirn. „Ich kann nichts Besonderes an diesen Pyramiden erkennen“, sagte er.

„Wir müssen weiter suchen“, sagte Heru.

Wati glitt durch die Wüstenluft. Er flog über eine weitere Pyramide. Drake sah sie an. Die Wände waren glatt. Dann ...

„Ich sehe etwas!“, rief Drake. „Diese Pyramide hat in den Stein gemeißelte schnörkelige Linien. Kannst du sie sehen?“

„Ja!“, sagte Heru. „Die habe ich vorher noch nie bemerkt. Wati, bring uns näher ran!“

Wati stürzte hinab. Dann umkreiste er langsam die Pyramide.

Drake schnappte nach Luft.

Auf allen Seiten der Pyramide befanden sich dunkle Linien. Einzeln betrachtet war jede nur eine einfache Linie. Aber als Wati die Pyramide umkreiste ...

„Es ist das Drachensymbol von der Schriftrolle!“, rief Heru. „Wir haben die Pyramide der sieben Drachen gefunden!“

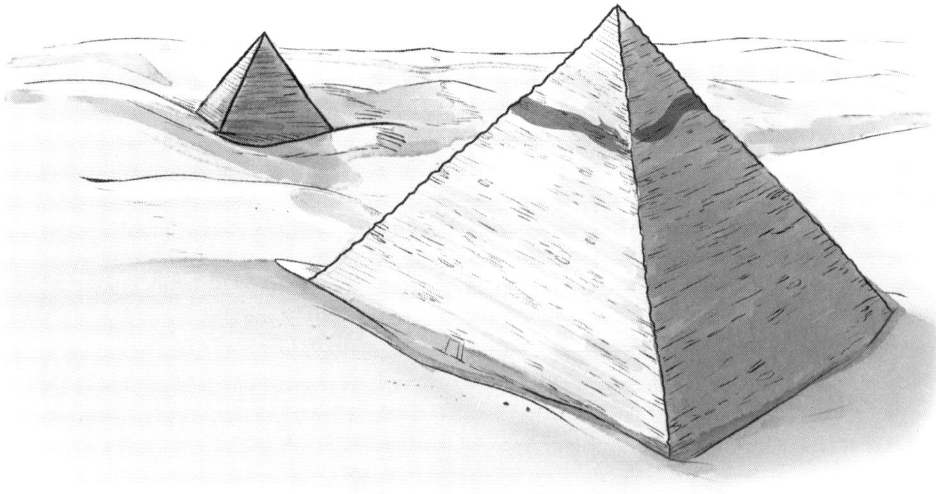

Plötzlich hörten sie ein Grollen am Himmel. Drake blickte hoch. Dunkle Wolken schwebten über ihnen.

„Ein Sturm zieht auf", erklärte er. „Wir sollten zurückfliegen."

„Wati, bring uns nach Hause", sagte Heru.

Aber Wati flog weiter um die Pyramide herum. „Wati, hör auf!", schrie Heru. Aber der Monddrache reagierte nicht.

Heru sah auf seinen Drachenstein.

„Mein Stein flackert!", rief er.

Bumm! Sie hörten einen gewaltigen Donner. Ein Blitz schoss aus der Gewitterwolke.

„Wir fliegen direkt in den Blitz!", rief Drake.

KAPITEL 5

SECHS DRACHEN, SECHS MEISTER

Heru zog mit aller Kraft an Watis Hals, um ihn im letzten Moment von dem Blitz wegzulenken. Dann flog der Monddrache zurück zum Tempel, während es leicht zu regnen begann.

Drake und Heru kletterten von Watis Rücken. Herus Eltern und die anderen Drachenmeister rannten ihnen entgegen.

„Habt ihr die Pyramide gefunden?“, fragte Rori.

„Ja", antwortete Drake. „Aber Wati war plötzlich total verwirrt. So wie Vulkan in den Höhlen."

„Mein Stein begann zu flackern", erklärte Heru. „Und Wati konnte meinen Anweisungen nicht mehr folgen. Wir wurden fast vom Blitz getroffen."

Tarek nickte. „Wir sind froh, dass ihr in

Sicherheit seid. Eure Verbindungen zu euren Drachen werden jetzt wirklich schwächer."

„Es ist gut, dass ihr die Pyramide so schnell gefunden habt. Lasst uns keine Zeit verlieren", fügte Sarah hinzu. „Ihr müsst sofort alle gemeinsam dorthin fliegen, um den Stein zu finden."

Die anderen Drachen wurden nach draußen gebracht. Die Drachenmeister berührten ihre Drachen. Dann berührten sie Wurm. Drake stellte sich die Pyramide mit dem Drachensymbol vor.

„Wurm, bring uns dorthin“, sagte er.

Wusch! Blitzartig brachte Wurm alle zur Pyramide der sieben Drachen.

Drake starrte auf die hohe Pyramide vor ihnen.

„Jetzt müssen wir herausfinden, wie wir hineinkommen“, sagte er.

„Das sieht aus wie eine Tür.“ Ana zeigte auf die Pyramide und ging auf einen großen Stein zu, der wie ein Rechteck geformt war.

Rori drückte gegen den Stein. Aber die Tür bewegte sich nicht.

„Wie kann man sie öffnen?“

Petra musterte die Tür. Es waren sechs Symbole in sie gemeißelt.

„Vielleicht sind diese Zeichen der Schlüssel?“, überlegte sie.

Drake betrachtete die Symbole. Er sah einen Mond, ein Feuer, eine Sonne und einen Wassertropfen. Es gab ein rundes Symbol, das wie ein Stein aussah. Und da war auch noch ein Totenkopf.

„Wartet einen Moment", sagte Drake. „Die sehen so aus ..."

„... wie die Kräfte unserer Drachen!", sagte Rori mit ihm gemeinsam. Petra berührte den Totenkopf.

„Das ist das Symbol für Gift. Vielleicht öffnet sich die Tür, wenn ich es drücke?" Sie drückte den Totenkopf. Nichts passierte.

„Es gibt sechs Symbole und wir sind sechs Drachenmeister“, sagte Bo. „Vielleicht muss jeder von uns das Symbol berühren, das zu seinem Drachen passt?“

Er berührte den Wassertropfen. Ana berührte die Sonne. Heru berührte den Mond. Drake berührte den Stein. Rori berührte die Flamme und Petra berührte erneut den Totenkopf.

Alle sechs Steine bewegten sich nach hinten. Die Tür glitt nach oben.

„Beeilung!“, sagte Heru. „Wir müssen den Drachenstein finden und retten, bevor es zu spät ist!“

KAPITEL 6

DIE REGELN DER PYRAMIDE

Alle sechs Drachenmeister und ihre Drachen eilten in die Pyramide. Die Tür fiel hinter ihnen zu.

„Kepri, gib uns bitte Licht“, sagte Ana. Kepri, der Sonnendrache, öffnete ihr Maul und Sonnenlicht strömte heraus.

Drake sah sich um. In der Mitte des Raumes befand sich ein großer Stein. Worte waren in ihn gemeißelt.

Heru las sie laut vor.

„Mir ist gerade etwas Merkwürdiges aufgefallen“, sagte Bo. „Der Reim fordert *sechs* Drachen. Diese Pyramide wird jedoch als Pyramide der *sieben* Drachen bezeichnet ...”

„Und warum heißt es, dass wir eingesperrt sind?“, fragte Petra. „Kommen wir hier nicht mehr raus?“

„Klingt ganz danach“, sagte Rori.

„Wurm kann uns vielleicht helfen“, meinte Heru.

„Wie?“, fragte Drake.

„Meine Familie studiert die verschiedensten Arten von Drachen“, antwortete Heru. „Schuppen von Erddrachen besitzen große Macht. Wenn jeder von uns eine Schuppe nimmt, kann Wurm uns alle hier rausbringen, nachdem einer von uns den Stein erreicht hat.“

Drake sah Wurm an. „Wird das funktionieren?“, fragte er.

Drakes Drachenstein begann zu leuchten. Er hörte die Antwort in seinem Kopf. *Es wird klappen. Ihr dürft meine Schuppen nehmen.*

„Wartet, woher werden wir wissen, wann Wurm uns rausbringen will?“, fragte Bo.

Ich werde wissen, wann die Zeit zu gehen gekommen ist. Dann werde ich den anderen Drachen Bescheid geben, sagte Wurm.

„Wurm wird euren Drachen sagen, wann es Zeit ist“, wiederholte Drake. „Bleibt einfach in der Nähe eurer Drachen.“

Er streichelte Wurm und suchte nach losen Schuppen. Sanft zog er fünf Schuppen heraus und gab jedem Drachenmeister eine.

„Danke“, sagte Rori. „Und jetzt?“

„Der Reim sagt uns, was zu tun ist“, erklärte Bo. „Jeder unserer Drachen sollte die Fähigkeit haben, uns von einem Raum in den nächsten zu bringen.“

Kepri strahlte mit ihrem Licht durch den Raum, als die Drachenmeister nach einem Ausweg suchten. Sie sahen vier Wände aus Steinen – aber keine Tür.

„Also, welcher Drache holt uns aus diesem Raum?“, fragte Ana.

KAPITEL 7

DAS ROHR IN DER WAND

„Ich sehe hier nirgendwo eine Tür“, sagte Rori.

„Aber die brauchen wir, um herauszufinden, welcher Drache sie öffnen kann“, sagte Bo.

Petra prüfte eine der Wände. „Was ist mit dieser glatten Fläche? Da sind kleinere Steine rundherum.“

Drake drückte auf den glatten Stein. Nichts bewegte sich.

„Das *könnte* ein Ausgang sein", sagte er. „Aber es muss einen besonderen Weg geben, um ihn zu öffnen."

„Ich sehe diesmal keine Symbole", meinte Ana.

„Nur einer unserer Drachen kann uns hier rausholen", sagte Heru. „Also müssen wir über die Kräfte unserer Drachen nachdenken. Welche Kraft könnte diesen Stein bewegen?"

„Vulkan ist der Stärkste!", prahlte Rori. „Er könnte ihn durchdrücken."

„Ich denke nicht, dass das eine gute Idee ist", sagte Ana. „Erinnerst du dich an damals, als Vulkan versuchte, durch Stein zu stoßen und der Tunnel einstürzte?"

Petra sah auf. „Wir wollen auf keinen Fall, dass die ganze Pyramide auf uns fällt!"

„Ich glaube nicht, dass Vulkan hierfür die Antwort ist", sagte Drake. Er dachte an den Vorfall im Tunnel. Wurm hatte mit seiner Gedankenkraft große Steine bewegt.

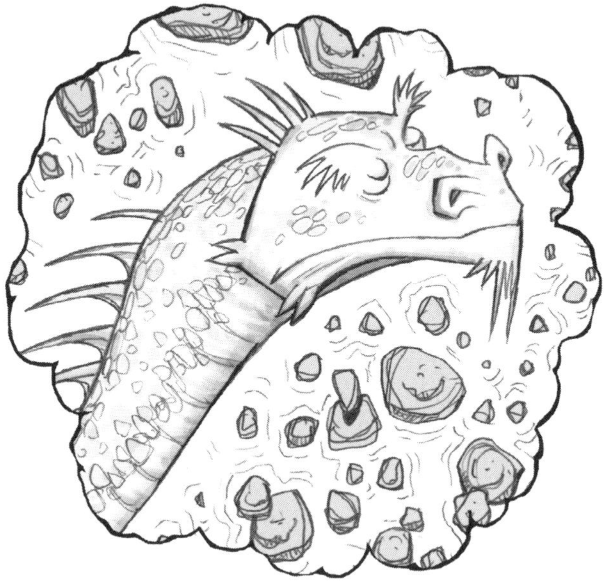

„Wurm kann Steine bewegen", erklärte Drake.

„Wurms Kräfte könnten uns wahrscheinlich aus *jedem* Raum herausbringen", sagte Petra. „Also müssen wir ihn vielleicht für etwas aufsparen, wo kein anderer Drache helfen kann."

Drake nickte. „Guter Punkt."

Bo schaute nach oben. Ein Steinrohr ragte über der Tür aus der Wand.

„Vielleicht ist dieses Rohr ein Hinweis?“, vermutete Bo. „Rohre führen Wasser und Shu ist ein Wasserdrache ...“

Drake verstand. „Glaubst du, Shu könnte Wasser in das Rohr schießen?“

„Ja, natürlich!“, sagte Bo.

Drake verspürte einen Stich bei dem Gedanken, Bo als Ersten zurückzulassen.

„Du hast Wurms Schuppe, ja?“, fragte er. Bo nickte.

Drake holte tief Luft. „Okay, lasst uns mal sehen, ob Shu diese Tür öffnen kann.“

Bos Drachenstein glühte. „Shu, bitte schieß Wasser durch dieses Rohr."

Shu schoss einen Wasserstrahl direkt in das Rohr. Nach einigen Sekunden begann sich der glatte Teil der Wand zu heben.

„Es funktioniert!", jubelte Rori.

Die Tür blieb offen, während Shu weiter Wasser hineinschoss.

„Beeilt euch, geht durch die Tür!“, rief Drake.

Alle rannten mit ihren Drachen durch die Tür. Drake sah zu Bo und Shu zurück.

„Uns wird nichts passieren!“, rief Bo, als Shus Wasserstrahl schwächer wurde. „Viel Glück!“

Dann schloss sich die Tür.

KAPITEL 8

DIE REBEN

Kepri bewegte ihren Kopf von einer Seite zur anderen und erhellte mit ihrem Sonnenlicht den zweiten Raum. Diesmal konnten die Drachenmeister und ihre Drachen den Ausgang deutlich sehen. Ein großer runder Stein versperrte eine Öffnung in der Wand.

„Vulkan könnte versuchen, ihn weg zu schieben“, sagte Rori.

„Zuerst müssen wir mehr darüber wissen, womit wir es hier zu tun haben“, meinte Petra. Drake hörte ein *Tropf, Tropf, Tropf.*

„Alle mal leise!“, sagte er. „Woher kommt dieses Geräusch?“

Kepri beleuchtete einen großen Steintopf, der nur wenige Meter vom großen Felsen entfernt stand. Die Drachenmeister schlichen näher an den Topf heran. In den Topf waren Weinreben gemeißelt. Innen war der Topf mit Erde gefüllt.

Dann sah Drake nach oben. Ein Rohr ragte aus der Wand heraus. Es tropfte Wasser in die Erde.

„Dieses Rohr muss mit dem vorigen Raum verbunden sein!“, sagte Drake.

Ana lächelte. „Pflanzen brauchen Wasser, um zu wachsen. Aber sie brauchen auch Sonnenlicht“, erklärte sie.

„Natürlich!“, sagte Petra.

Ana drehte sich zu Kepri um. „Bitte strahle dein Licht in den Topf“, sagte sie.

Goldenes Licht floss aus dem Maul des Sonnendrachen. Es traf die Erde im Topf.

Die Erde begann sich zu bewegen. Ein kleiner grüner Trieb öffnete sich.

„Es funktioniert!“, jubelte Rori.

Der grüne Trieb wuchs zu einer dicken Rebe heran. Der Weinstock wuchs über den Topf hinaus. Und es wuchsen noch mehr Reben. Sie schlängelten sich von Kepri ausgehend über den Boden in Richtung des großen runden Felsens. Während sie wuchsen, bewegten sie den Stein. Sie öffneten die Tür!

„Gut gemacht, Kepri“, sagte Ana. Der Drache hörte auf, die Reben zu beleuchten. Aber sie wuchsen weiter – und sie begannen, die Türöffnung auszufüllen!

„Wir müssen uns beeilen!“, sagte Heru.

Drake, Rori, Petra und Heru liefen mit ihren Drachen durch die Tür. Die Reben wurden immer größer und die Drachenmeister mussten sich an ihnen vorbei drängen.

Drake sah zu Ana zurück. Er konnte sie und Kepri durch die Weinreben sehen. Wati stieß einen traurigen Schrei aus.

Ana winkte. „Macht weiter! Uns wird nichts passieren!“, rief sie.

Dann verschlossen die Reben die Tür vollständig. Ohne Kepris Sonnenlicht war der dritte Raum sehr dunkel.

„Vulkan, Feuer", sagte Rori. Zwei kleine Flammen tanzten aus Vulkans Nasenlöchern heraus. Sie warfen einen hellen Strahl durch den Raum.

Die Reben hatten sie in diesen neuen Raum verfolgt. Sie wuchsen schnell! Sie breiteten sich entlang der Wände aus.

„Ich sehe eine Tür! Lauft dorthin, bevor die Reben sie blockieren!", rief Drake und zeigte auf die gegenüberliegende Wand.

Sie eilten durch den Raum. Aber die Reben erreichten noch vor den Drachenmeistern die gegenüberliegende Wand. Die großen, dicken Reben versperrten die Tür.

„Wir sind gefangen!", rief Petra.

VIER DRACHEN ÜBRIG

Drake versuchte, schnell zu denken. Er sah sich im dritten Raum um. Die Reben bedeckten jeden Zentimeter der Wände.

„Zeit für ein Lagerfeuer!“, sagte Rori. „Vulkan –“

„Warte, Rori!“, rief Heru. „Das könnte gefährlich sein. Wir haben keine Möglichkeit, ein Feuer zu löschen.“

Roris Gesicht wurde blass. „Ich habe vergessen, dass wir Shu zurückgelassen haben“, sagte sie.

„Ich habe eine Idee!“, sagte Petra. „Das Gift von Zera kann Steine zum Schmelzen bringen. Ich wette, es könnte diese Reben erledigen.“

„Gut mitgedacht, Petra!“, rief Drake.

„Also werde ich sie bitten, die Ranken dort, wo wir die Tür gesehen haben, mit Gift zu besprühen“, sagte Petra. „Dann könnt ihr sie öffnen.“

Heru nickte. „Stimmt.“

Petra biss sich auf die Lippe. „Was ist, wenn Zera aus Versehen jemanden von uns besprüht?“, fragte sie.

Drake wusste, warum sie sich Sorgen machte. Zeras Gift hatte ihn und König Roland einmal versehentlich getroffen. Es hatte sie sehr krank gemacht.

„Wir halten uns fern von ihr“, erklärte er. „Sag Zera, dass sie genau zielen soll. Und achte darauf, dass dein Stein glüht.“

Petra nickte. „Gut“, sagte sie. Sie sah auf ihren Stein, der hell leuchtete. „Zera, ziele geradeaus. Zerstöre diese Ranken!“

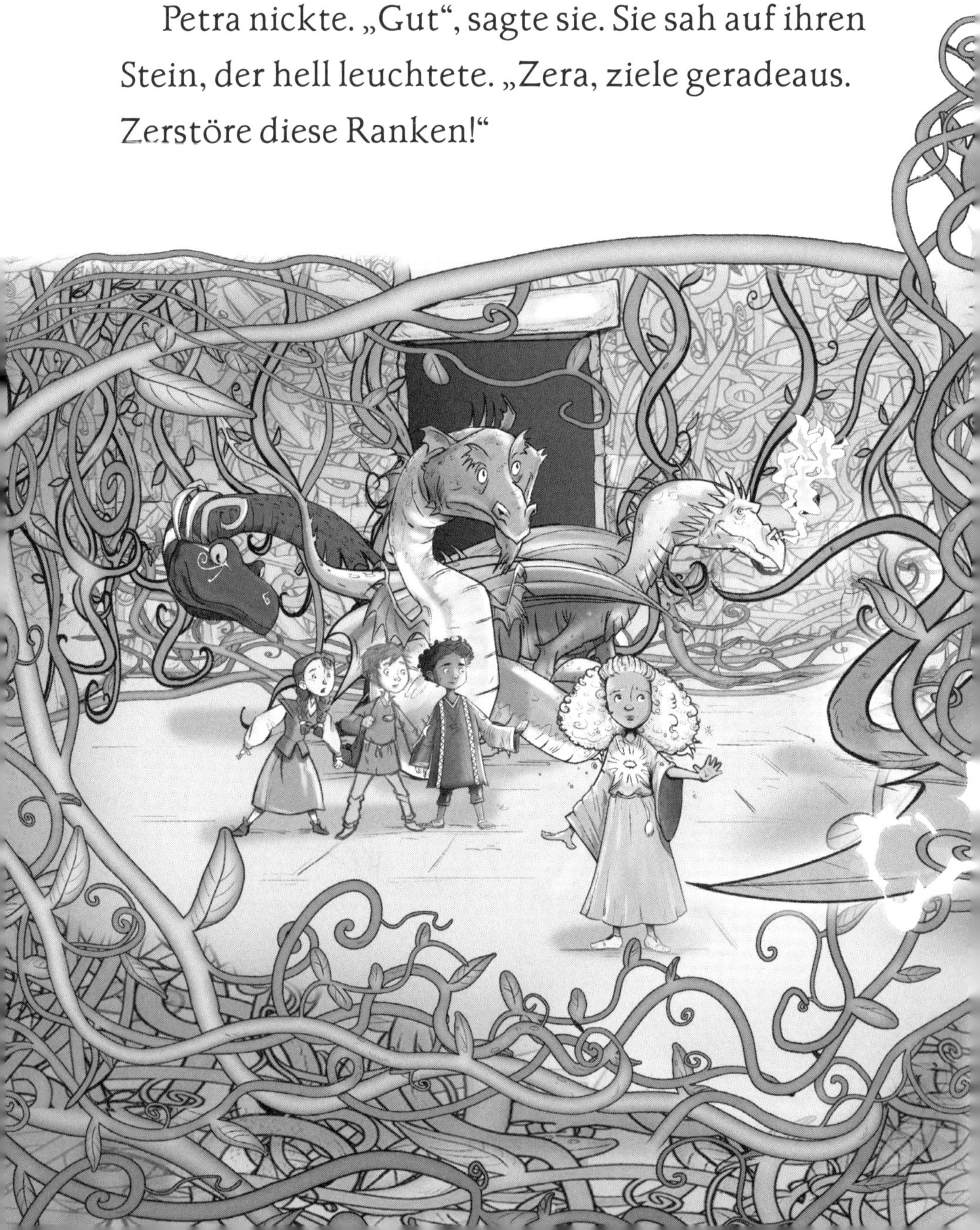

Die vier Köpfe der Hydra richteten sich auf. Flüssiges Gift schoss aus jedem ihrer vier Mäuler und besprühte die Ranken.

Die Reben verwelkten und wurden braun. Sie fielen zu Boden und alle konnten die Tür wieder sehen.

Rori rannte zur Tür und konnte sie leicht öffnen. „Lasst uns gehen!“, rief sie.

Heru und Wati eilten ihr hinterher. Drake folgte und schaute zurück zu Petra. Sie winkte ihm mit einem tapferen Lächeln zu.

Petra und Zera. Ana und Kepri. Bo und Shu. Alle waren in einem Raum gefangen. Drake hatte versprochen, dass Wurm sie alle retten würde. Er sah auf seinen Drachenstein hinab.

Ich hoffe, der Stein stirbt nicht, bevor Wurm uns alle rausholen kann!, dachte er.

KAPITEL 10

FEUER!

Drake, Heru und Rori sahen sich im vierten Raum um. Vulkans Flammen erhellten die Dunkelheit. Drake konnte viele dicke Seile sehen, die von der hohen Decke hingen.

Dann entdeckte er eine Tür am Ende des Raums. Die Tür bestand aus einer dünnen Steinplatte. Ein Seil verband die Tür mit einem schweren Steinwürfel, der über dem Boden baumelte. Ein anderes Seil verband den Würfel mit einem Ring aus Metall, der aus der Wand ragte.

„In Ordnung, das muss Vulkans Herausforderung sein", sagte Rori. „Er muss das Seil verbrennen, das den Würfel mit dem Ring verbindet, oder?"

Sie zeigte auf das Seil, das rechts an dem Würfel befestigt war.

„Gut mitgedacht!“, antwortete Heru. „Dann fällt der Würfel. Und wenn das passiert, wird sich die Tür öffnen.“

„Sei bitte vorsichtig, Rori“, sagte Drake. „Achte darauf, dass Vulkan nur dieses eine Seil durchbrennt – sonst gehen alle Seile an der Decke in Flammen auf.“

Rori verdrehte die Augen. „Du klingst schon wie Griffith“, sagte sie. „Ich kann Vulkan *richtig gut* kontrollieren. Ich kann ihn bitten, eine große Flamme zu erzeugen oder nur eine ganz winzige.“

Rori zeigte auf den genauen Punkt. „Vulkan, verbrenne das Seil!“, rief sie. Ihr Drachenstein leuchtete zuerst hellgrün, aber dann flackerte er und ging aus.

Vulkan brüllte. Er richtete sich auf. Ein Feuerball schoss aus seinem Maul!

Die Flammen trafen auf die Seile, die über ihnen hingen. Innerhalb von Sekunden standen die Seile an der Decke in Flammen!

Kapitel 11

Schimmer in der Dunkelheit

„Vulkan, nein!“, schrie Rori und schützte ihre Augen vor den Flammen.

Heru hüpfte auf Watis Rücken. Er flüsterte dem Drachen etwas zu. Wati flog hoch, breitete die Flügel aus und erstickte die Flammen an der Decke.

Dann kam Wati wieder runter.

„Gut gemacht, Wati!“, lobte Heru.

„Schaut!“, sagte Drake. „Das am Würfel befestigte Seil wurde nicht getroffen.“

Roris Drachenstein leuchtete jetzt sehr hell.

„Rori, schnell, bitte Vulkan, es noch einmal zu versuchen!“, rief Drake.

„Aber ...“, Rori sah verängstigt aus.

„Es war nicht deine Schuld“, sagte Heru. „Dein Stein war schwach. Aber jetzt ist er wieder leuchtend grün!“

Rori blickte auf ihren Stein hinab. Sie tätschelte ihren Drachen am Hals. „Versuch es noch einmal, Vulkan“, bat sie. „Nur eine kleine Flamme. An diesem Seil. Da drüben.“

Diesmal traf Vulkan die richtige Stelle. Die Flamme brannte das Seil durch. Der würfelförmige Stein fiel herunter. Die Steintür hob sich. Drake, Heru, Wati und Wurm rannten hindurch.

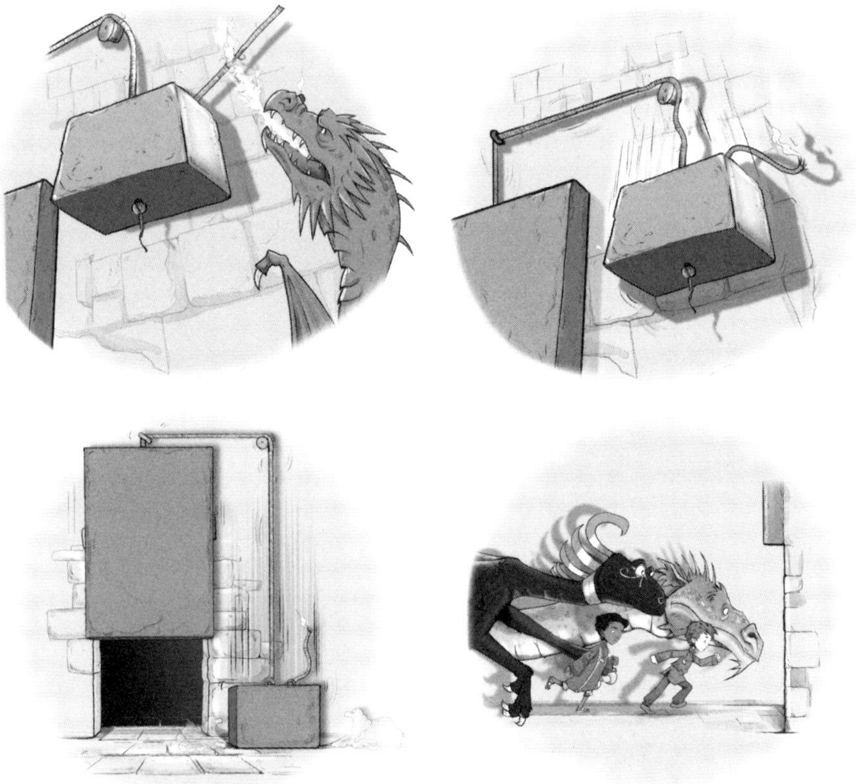

Dann traf ein Funke auf das Seil, das den Würfel mit der Tür verband. Das Seil brannte schnell.

„Rettet den Drachenstein!“, rief Rori ihnen nach, als die Tür herunter krachte.

Der fünfte Raum war sehr dunkel.

„Wurm, kannst du bitte glühen?“, fragte Drake. Wurm leuchtete schwach grün. Drake konnte den Umriss einer Tür erkennen. Darüber war ein Symbol eines Halbmondes. Aber das war es auch schon.

„Es sieht so aus, als müsste ein Monddrache diese Tür öffnen“, sagte Drake.

Heru nickte. „Wati, Mondschein, bitte.“

Ein Band aus dunklem Licht strömte aus Watis Maul. Es sah aus wie ein Regenbogen aus Blau, Schwarz und Lila. Das Licht beleuchtete die Wand vor ihnen. Drake holte tief Luft.

Leuchtende Bilder kamen auf der Tür zum Vorschein.

„Die alte Schrift war durch Wurms Leuchten nicht zu sehen“, sagte Drake. „Watis Mondschein machte sie erst sichtbar!“

Heru las die Nachricht. „Hier steht, ich muss den Reim laut lesen, um die Tür zu öffnen“, erklärte er. „Wenn sie sich öffnet, müssen du und Wurm hindurchgehen.“

Drakes Bauch flatterte. Plötzlich wurde ihm klar, dass er allein weiterziehen würde. „Ich dachte, du wärest vielleicht der Letzte“, sagte er zu Heru.

„Du schaffst das, Drake“, sagte Heru zu ihm. „Was auch immer du in diesem Raum finden wirst, du und Wurm werden damit zurecht kommen. Ich habe großes Vertrauen in euch beide.“

Drake sah Wurm an. „Bereit?“, fragte er. Wurm nickte.

Heru las den Reim vor.

Ein Wasserdrache war Drache eins.
Drache zwei war der des Sonnenscheins.
Drache drei war giftgrün und zur Stelle hier.
Ein Feuerdrache war die Nummer vier.
Drache fünf war vom Mond gekommen.
Wird der Erddrache sie von hier rausbekommen?

Als Heru die Worte sagte, glitt die Tür auf. Drake und Wurm betraten den sechsten Raum und die Tür schloss sich hinter ihnen …

KAPITEL 12

EIN RÄTSEL

Drake und Wurm standen allein in der Dunkelheit.

„Es ist so dunkel hier drin“, flüsterte Drake.

Wurms Körper begann wieder grün zu leuchten. Drake konnte sechs große Steinkugeln in der Mitte des Raums sehen, die im Kreis angeordnet waren. Sie sahen ganz rund und glatt aus. Hinter ihnen an der Wand befand sich eine Steintür. Darüber, in den Stein gehauen, befanden sich sechs Löcher in einer Reihe.

„Glaubst du, dass diese Steinkugeln in die Löcher über der Tür passen, Wurm?“, fragte Drake.

Drake hörte Wurms Stimme in seinem Kopf.

Ja.

Drake ging zu einem der Steine.
Er legte die Arme darum. Er war so schwer!

Die sind viel zu schwer für mich, um sie zu bewegen, dachte Drake. Aber Wurm konnte sie mit seiner Gedankenkraft bewegen.

Drake sah auf die Steine. Jeder Stein hatte ein Symbol, das genauso aussah wie die Symbole an der Pyramidentür. Es gab einen Mond, eine Sonne, einen Wassertropfen, eine Flamme, einen Stein und einen Totenkopf.

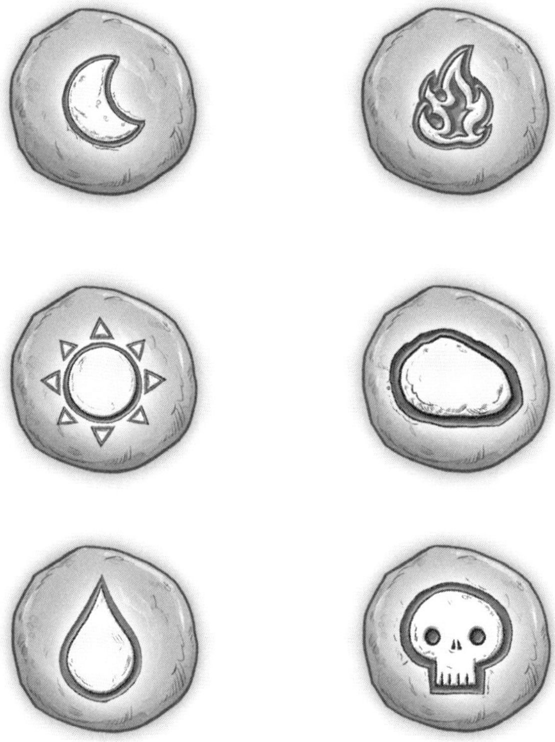

Als Nächstes betrachtete Drake die Löcher über der Tür. Er sah keine Symbole auf ihnen.

„Woher weiß ich, welcher Stein wohin gehört? Es muss eine besondere Reihenfolge geben, nach der sie hineinpassen ...“, sprach Drake.

Dann erinnerte er sich an die Worte aus dem Reim, die Heru gerade gelesen hatte. „Ein Wasserdrache war Drache eins“, wiederholte Drake. „Das ist es! Ich wette, die Steine passen in der gleichen Reihenfolge in die Wand, in der wir diese Pyramide durchquert haben. Also passt der Stein mit dem Wassertropfen zuerst. Bereit, Wurm?“

Wurm nickte. Der Stein mit dem Wassertropfen glühte grün. Er schwebte hoch und ...

... er passte perfekt in das erste Loch über der Tür.

„Drache zwei war der des Sonnenscheins“, sagte Drake und erinnerte sich an den Reim. Der Stein mit dem Sonnensymbol glühte. Er schwebte hoch und glitt in das zweite Loch.

„Gut gemacht, Wurm!“, sagte Drake. „Zera war der dritte Drache, also ist das Gift-Symbol das nächste.“

Wurm hob den Stein mit dem Totenkopfsymbol. Dann den Stein mit der Flamme. Dann den Stein mit dem Mond.

„Nur noch einen, Wurm!“, jubelte Drake.

Wurms Körper glühte und die Kugel mit dem Steinsymbol erhob sich langsam. Sie schwebte in das letzte Loch über der Tür.

Kraaaaack! Die Tür hob sich.

„Wir haben es geschafft!", jubelte Drake.

Wurm kroch mit Drake durch die Tür. Sie betraten den siebten Raum. Plötzlich sank Wurm zu Boden! Sein Glühen verblasste.

„Wurm!", rief Drake. „Was ist los?"

Wurm antwortete nicht. Drake sah sich im Raum um.

Dort, alles überragend, befand sich der große Drachenstein. Licht strömte aus dem riesigen grünen Stein und blinkte ein und aus.

Aber der Drachenstein war nicht das Einzige im Raum.

Auf dem Boden daneben stand ein goldenes Ei! Das Ei war so groß wie Drake. Funken zischten und sprangen drumherum.

„Wow! Was ist das für ein Ei?“, fragte Drake.

KAPITEL 13

DER GROSSE DRACHENSTEIN

Drake musterte das Ei von oben bis unten. Das Ei sah … lebendig aus. Goldene Blitze aus Energie schossen daraus hervor.

Der große Drachenstein war jetzt blassgrün. Drake konnte erkennen, dass er schwächer war als je zuvor. Dann bemerkte er, dass ein grüner Lichtstrahl den Drachenstein und das Ei verband. Und wenn der Stein dunkler wurde, wurde das Ei heller.

„Es sieht so aus, als würde dieses Ei Energie aus dem Drachenstein ziehen“, sagte Drake. Er sah Wurm an. Ein grüner Lichtstrom floss nun auch zwischen Wurm und dem Ei! Das Ei nahm auch die Energie von Wurm auf.

Was soll ich jetzt machen?, überlegte Drake. *Wir sind von so weit her gekommen, um den Drachenstein zu finden. Jetzt ist es meine Aufgabe, ihn zu retten.*

„Aber ich weiß nicht wie!", sagte Drake laut. „Und selbst wenn ich es wüsste, wie werden wir hier rauskommen, wenn Wurm keine Kraft mehr hat?"

Denk nach, Drake, denk nach, sagte er zu sich. Das Ei nahm sich die Energie vom Drachenstein und von Wurm. Vielleicht musste er nur das Ei von ihnen wegbewegen, um die Verbindung zu unterbrechen.

Schiebe es weg!

Aber werde ich das Ei verletzen, wenn ich es bewege?

Drake trat vorsichtig auf das Ei zu. Die Haare an seinen Armen standen zu Berge. Die Luft knisterte vor Energie.

Er bewegte langsam seine Hand zum Ei und spürte ein Kribbeln in seinen Fingerspitzen.

„Au!“, schrie er und zog seine Hand zurück.

Er konnte das Ei nicht wegschieben. Es würde ihn verletzen. Wenn Wurm noch Energie hätte, könnte er es hinausbringen. Aber –

Knack! Plötzlich brach das Ei auseinander. Die Energieblitze bewegten sich auf Drake zu.

Wurm öffnete seine Augen.

Wurms ganzer Körper leuchtete hellgrün. Auch der Drachenstein leuchtete hell.

Goldenes Licht aus dem Ei füllte den Raum. Wurm wickelte seinen Körper schnell um Drake, um ihn zu schützen. Drake schirmte seine Augen ab. Das Licht wurde heller und heller. Es schmerzte in Drakes Augen.

Wuuusch! Wurm und Drake verschwanden aus der Pyramide.

KAPITEL 14

SCHAUT! DA AM HIMMEL!

Drake fühlte sich schwindelig. Langsam bemerkte er, dass er und Wurm sich außerhalb der Pyramide befanden – und alle seine Freunde auch. Alle Drachensteine leuchteten so hell, dass die Drachenmeister sie nicht direkt ansehen konnten.

„Wurm hat uns rausgebracht!“, rief Rori.

„Gut gemacht, Wurm!“, jubelte Ana.

„Was ist im letzten Raum passiert?“, fragte Heru. „Hast du den Stein gerettet?“

„Ich – ich bin mir nicht sicher“, sagte Drake. „Da war dieses Ei. Es hat die Energie vom großen Drachenstein abgezogen. Dann brach es vor meinen Augen auf und der Stein leuchtete richtig hell –“

„Schaut!", rief Petra.

Aus der Seite der Pyramide schossen goldene Blitze. Dann flog ein Drache direkt durch die Mauer – als wäre die Mauer nicht da.

Bos Kinnlade klappte nach unten. „Was für ein Drache kann durch Wände gleiten?"

„Der muss aus dem Ei geschlüpft sein!", erkannte Drake.

Es war kein großer Drache. Verglichen mit den anderen Drachen sah er aus wie ein Baby. Seine Schuppen schimmerten gold und der gesamte Körper sprühte vor lauter Energie.

Der Drache flog wild umher. Es sah so aus, als ob er nicht wüsste, welchen Weg er nehmen sollte.

„Er ist ein Baby!“, rief Ana.

Herus Augen wurden groß. „Das ist ein Blitzdrache!“, sagte er. „Ich habe darüber in den Schriftrollen gelesen. Aber ich habe noch nie einen gesehen.“

Drake hörte Wurm in seinem Kopf.

Wir müssen ihm helfen.

„Wurm sagt, dass wir dem Drachen helfen müssen,“ wiederholte Drake.

„Aber was ist, wenn er gefährlich ist?“, fragte Bo.

„Erinnert euch, er hätte fast den Drachenstein vernichtet!“

Genau in diesem Moment schoss ein Blitz aus dem verwirrten Babydrachen. Er traf eine Palme und grillte sie!

Der Babydrache stieß einen Schrei aus. Dann flog er durch den Nachthimmel davon.

„Nein! Komm zurück!“, schrie Ana.

Aber der Babydrache war im Nu verschwunden.

EIN DRACHE AUF FREIEM FUSS

Die Drachenmeister und ihre Drachen flogen zurück zum Tempel. Tarek und Sarah warteten dort auf sie. Tempelarbeiter rannten los, um die Drachen reinzubringen.

„Unser Drachenstein leuchtete vor einer Minute ganz hell!“, sagte Tarek. „Ihr müsst den großen Drachenstein gerettet haben!“

„Wir haben den Stein gefunden, aber er brauchte unsere Hilfe überhaupt nicht“, sagte Drake.

Ana runzelte die Stirn. „Es gab einen kleinen Drachen, der unsere Hilfe brauchte, aber der ist leider davon geflogen.“

„Einen Baby-*Blitzdrachen!*“, erklärte Heru.

Tarek und Sarah sahen sich an.

„Das hört sich an, als hättet ihr viel zu erzählen“, sagte Tarek. „Lasst uns reingehen.“

Sie gingen in den Speisesaal des Tempels. Sarah brachte den müden Drachenmeistern Tee und kleine Kuchen mit Honig.

Plötzlich war da eine Rauchwolke! Griffith erschien mit seinem Zauberfreund Diego im Raum.

„Wir haben Neuigkeiten!", sagte Griffith.

„Erzähl es ihnen, Diego!"

„Alle zehntausend Jahre erzeugt die Energie des großen Drachensteins einen Drachen aus Energie“, erklärte Diego. „Er wird Blitzdrache genannt und sein Ei braucht Energie vom Drachenstein.“

„Es ist wahr!“, sagte Drake. „Ich habe es gesehen!“

Dann erzählten die Drachenmeister ihre Geschichte.

„Also hat der Drachenstein diesen Drachen *erschaffen?*“, fragte Rori.

Griffith nickte. „Es sieht ganz so aus. Der große Drachenstein wurde schwach, weil er dem Ei von seiner Energie etwas abgab. Aber jetzt, da der Babydrache geschlüpft ist, sollten die Kräfte des Steins wieder stark sein."

„Zumindest für weitere zehntausend Jahre", fügte Petra hinzu.

„Wahrscheinlich nennt man die Pyramide deshalb die Pyramide der sieben Drachen", sagte Bo. „Der Blitzdrache ist der siebte Drache!"

Sarah nickte. „Das ergibt Sinn."

„Er ist ein Baby", erinnerte Ana alle. „Er ist ganz allein da draußen, ohne Familie."

„Er muss Angst haben", sagte Bo.

„Und er schießt wie verrückt Energie um sich", fügte Rori hinzu. „Er könnte jemanden verletzen."

Heru runzelte die Stirn. „Es wird nicht leicht für einen Drachen wie ihn, ein Geheimnis zu bleiben."

Drake kam ein anderer Gedanken. „Was ist, wenn jemand Böses den Blitzdrachen in die Hände bekommt?", fragte er.

Griffith stand auf. „Ich bin ganz eurer Meinung. Wir müssen schnell handeln, um diesen Drachen zu finden und ihn in Sicherheit zu bringen“, sagte er.

Drake sah seine Freunde an. Sie hatten den Drachenstein gerettet. Im Moment hatte er das Gefühl, sie könnten alles hinbekommen.

„Wir können es schaffen“, sagte Drake. „Wir werden zusammenarbeiten, um den Blitzdrachen zu finden!“

TRACEY WEST liebt Puzzle, Rätsel und Geheimnisse. Sie hatte Spaß daran, die Pyramidenrätsel in diesem Buch zu erstellen und sie wusste, dass die Drachenmeister genau wissen, wie sie gelöst werden müssen! Tracey hat Dutzende von Büchern für Kinder geschrieben. Sie schreibt in dem Haus, das sie sich mit ihrem Ehemann und drei Stiefkindern teilt. Dort leben auch viele tierische Freunde, um ihr Gesellschaft zu leisten. Sie hat drei Hunde, sieben Hühner und eine Katze, die auf ihrem Schreibtisch sitzt, wenn sie schreibt! Zum Glück wiegt die Katze nicht so viel wie ein Drache.

DAMIEN JONES lebt mit seiner Frau und seinem Sohn in Cornwall – die Heimat der Legende von König Arthur. Cornwall hat sogar ein eigenes Schloss! An klaren Tagen kann man von dort oben meilenweit sehen. Vom Schloss hätte man die perfekte Aussicht auf Drachen. Damien hat viele Kinderbücher illustriert. Er hat auch Animationsfilme und Fernsehsendungen animiert. Er arbeitet in einem Studio, in dem er von magischen Figuren umgeben ist, die ihn beim Zeichnen im Auge behalten.

DRACHENMEISTER

DER FLUG DES MONDDRACHEN

Fragen und Aufgaben

Warum ist der große Drachenstein wichtig? Was sind die Anzeichen dafür, dass er schwächer wird?

Warum ist Wati der EINZIGE Drache, der nach der Pyramide der sieben Drachen suchen kann?

Wie nutzen die Drachen ihre Kräfte, um die Türen in der Pyramide zu öffnen? Lies Teile des Textes nochmals durch, um dich besser erinnern zu können.

Was hat den großen Drachenstein geschwächt?

Schreibe oder erzähle eine kurze Geschichte darüber, was – deiner Fantasie nach – als nächstes mit dem Blitzdrachen passieren wird! Verwende die Wörter *zuerst, dann* und *schließlich (am Ende)*, um durch deine Geschichte zu führen.